這本書屬於我的寶貝：

....

目錄

給我的寶貝說故事②

作者：安娜瑪莉亞・法布里奇奧（Annamaria Farbizio）
繪圖：朱莉亞・瑞沃塔（Giulia Rivolta）
翻譯：張碧嘉
責任編輯：潘曉華
美術設計：王樂佩
出版：新雅文化事業有限公司
香港英皇道499號北角工業大廈18樓
電話：(852) 2138 7998　傳真：(852) 2597 4003
網址：http://www.sunya.com.hk
電郵：marketing@sunya.com.hk
發行：香港聯合書刊物流有限公司
香港新界大埔汀麗路36號中華商務印刷大廈3字樓
電話：(852) 2150 2100　傳真：(852) 2407 3062
電郵：info@suplogistics.com.hk
版次：二〇一九年六月初版

ISBN: 978-962-08-7266-2
Original title: Stories for 4 Year Olds
Copyright © Igloo Books Ltd 2019
Published under license by Sun Ya Publications (HK) Ltd.
All rights reserved.
Traditional Chinese Edition © 2019 Sun Ya Publications (HK) Ltd.
18/F, North Point Industrial Building, 499 King's Road, Hong Kong
Published in Hong Kong and printed in China

給我的寶貝說故事 2

安娜瑪莉亞·法布里奇奧　著

朱莉亞·瑞沃塔　圖

新雅文化事業有限公司

www.sunya.com.hk

認識新朋友

海倫悶悶不樂地坐在花園的鞦韆上。她剛剛跟爸爸媽媽搬到了一個新的城鎮，心裏非常**掛念**她的朋友。

自己一個玩耍真的悶極了，但海倫太害羞，不敢去認識新朋友。

忽然間，有東西**擊中了**海倫的頭部，然後彈落地上。

原來是一個大皮球！

哎呀，好痛啊！

海倫叫道。

噢，對不起。我叫彼特，你呢？

圍欄外有一把聲音說。

海倫的頭被撞得**陣陣作痛**，
她有點生氣。但彼特似乎很友善，
海倫便回應了他。

你好，
我叫海倫。

她說。

你想一起玩嗎？
我可以幫你推鞦韆。

彼特說。

海倫答應了，
於是彼特來到她的
花園。

捉緊啊！

彼特說。

彼特**大力地**推着海倫的鞦韆，
鞦韆盪得真**高**啊！

嘩！哈哈！

海倫叫道。

海倫在鞦韆上盪來盪去，不久便有
點頭暈，於是想玩別的遊戲。

我們玩拋接球，
好嗎？

彼特問。

好啊，
你開始吧。

海倫說。

海倫和彼特將球拋來拋去……

……越拋越高。

接好啊！

彼特說。

到了玩下一個遊戲的時候，輪到海倫出主意。
她努力地想，直至想出一個完美的計劃。

我們來搭一個
帳篷吧。

海倫說。

他們將一些樹枝綁在一起，搭成一個支架，然
後用一張大被子蓋着支架，再將軟墊和更多被子放進
去。不久，他們搭好了帳篷，樣子看來很不錯。

彼特和海倫扮演探險家，在熱帶叢林裏悄悄地前行。

然後，他們跑回帳篷，**大笑**起來。

海倫的媽媽和爸爸走出來跟他們打招呼。

這是我的新朋友，他叫彼特。

海倫說。

媽媽拿來一些三明治和橙汁，讓他們享用茶點。

爸爸拿出充氣嬉水池，注滿水讓他們玩耍。

謝謝爸爸媽媽！

海倫高興地說。

他們先享用美味的茶點，吃完再一起玩更多的遊戲。

接下來，彼特和海倫換上衣服玩海盜扮演遊戲。
彼特扮演海怪跑過來的時候，海倫揮舞着手中的劍，
笑着跑上前去。他們你追我逐，十分熱鬧。

媽媽和爸爸都笑了
起來。他們很開心見到
海倫心情變好，而且與
新朋友**相處愉快**。

彼特是時候回家了，他向海倫
說謝謝，然後揮手道別。

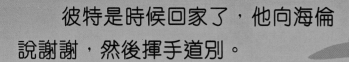

> 海倫，明天見。

彼特說。

> 再見，彼特。
> 我們明天一起玩更多
> 好玩的遊戲！

海倫揮揮手，笑着說。

海倫今天認識到新
朋友，十分開心。她漸漸
愛上這個新地方呢！

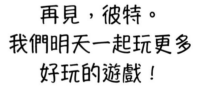

弟弟真麻煩

莎莉覺得她的弟弟羅比很麻煩。羅比總是想玩她最喜歡的玩具，又常常弄得家裏一片混亂。媽媽說羅比年紀還小，但莎莉不喜歡這個解釋！

一天早上，莎莉剛剛把玩具屋裏的東西整齊排列好，羅比便**衝進了**她的房間。

我想玩這些玩具！

羅比叫道。

不要啊！

莎莉叫道。

但已經太遲了，羅比把玩具屋裏的東西都打翻了。

15

莎莉非常**生氣**。羅比破壞了她整個遊戲時間。

真希望他可以自己一個玩耍。

她這樣想着，面上露出生氣的表情。

羅比卻一直在笑，這令莎莉更憤怒。

然後，莎莉拿出顏料來**畫畫**，羅比也同樣興奮。

我也想玩啊！

他叫道。

羅比笑着，將畫筆用力地插進顏料筒，弄得**顏料四濺**。

噢，羅比，看看你做了什麼事！

莎莉叫道。

17

莎莉十分生氣。她拿起她的小熊公主，走下樓梯。

莎莉，
等等我！

羅比叫道。

不，我要出去玩了。

莎莉說。

莎莉將小熊公主放在一輛紅色小拉車上。

小熊公主，你可以跟其他玩具一起坐車去郊遊啦。

她說。

我也可以坐車嗎？

羅比突然出現，問道。

好吧，但要小心，否則你會令車子翻倒。

莎莉回答。

羅比踏上小拉車，但正如莎莉所說，他令車子翻倒了！

所有玩具都被**拋出**車外。

她跑上樓梯，在房間外張貼了一些告示，不讓
羅比進入。莎莉開心地玩洋娃娃，而羅比也不在她
身邊搗亂。太完美了！

莎莉將玩具屋裏的家具都排列整齊，又畫了一幅畫。然後，她竟然想不到可以玩什麼了！

莎莉早已經習慣有羅比在身邊。她忽然發現自己有點想念弟弟呢！

21

莎莉努力地想了很久，希望想出一個能夠跟羅比玩得愉快的遊戲。然後，她有了一個**主意**。

我們玩捉迷藏，好嗎？

她問。

好啊！

羅比說。

莎莉從1數到10，羅比便趕快躲起來。不過，要找到他也不太難！

哈，找到你了！

莎莉笑道。

羅比笑着叫着，十分**興奮**。

他們整個下午都一起玩遊戲，莎莉發現自己也玩得很開心。其實，有弟弟也不是太糟糕呢。

我和我的好媽媽

明天就是祖母的生日，凱蒂已經計劃好怎樣為她慶祝了。凱蒂很興奮，大清早便起牀。但她太心急，一不小心便從牀上**掉到**地上。

我扶你起來吧。

媽媽說着，趕緊跑入凱蒂的房間。

吃完早餐後，凱蒂換了衣服。她太心急想要穿上她最喜愛的衣服，結果卻令衣服破了一個**大洞**。

我幫你修補衣服吧。

媽媽說。

凱蒂準備為祖母製作一張特別的生日卡，卻不小心
將盛滿彩色閃粉的瓶子**打翻**。

我來清理桌子吧。

媽媽說着，立刻
拿出一塊濕布來
抹桌子。

凱蒂織圍巾的時候，毛線都打結了，媽媽來幫忙整理毛線。

凱蒂摘鮮花的時候被淋濕了，媽媽立刻關掉花園裏的灑水器。

凱蒂串珠鏈的時候，把所有珠子掉落桌上，媽媽幫忙拾起來。

凱蒂不斷發生小狀況，心情有點沮喪，
媽媽便邀請了凱蒂的朋友莫莉到家裏，讓凱
蒂跟莫莉玩一會兒，放鬆心情。

凱蒂和莫莉在花園裏玩耍，玩得十分開心。
凱蒂想跟莫莉輪流踏她的新單車。

凱蒂先坐到單車上，但莫莉卻指着其中一個車輪。

車輪漏氣了！

莫莉說。

我來修理吧！

媽媽說。

說完，她已經拿來工具箱準備幫忙了！

莫莉離開後，凱蒂四處找媽媽。原來媽媽在廚房裏給祖母做蛋糕，但身上沾滿了麵粉，看起來有點**狼狽**。

輪到我來幫忙了！

凱蒂說着，穿起了圍裙。

這個蛋糕應該
會很美味。

凱蒂說着，把蠟燭
放到蛋糕上。

是的，謝謝你
來幫助我。

媽媽說。

快樂的下雨天

有一天，喬斯來到阿曼達的家玩耍。他們準備了要在花園裏玩很多有趣的遊戲，喬斯急不及待就想開始。

快來吧，
阿曼達！

喬斯叫道。

我來了！

阿曼達說。

阿曼達飛快地從花園小徑跑來，準備好開始玩耍。當喬斯正要開始拋球時，他感到好像有一顆雨點落在頭上。

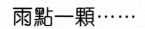

雨點一顆……

……又一顆

……掉下來！

糟糕……
下雨了！

喬斯叫道。

閃電劃過天空，**雷聲**也轟隆作響。喬斯和
阿曼達立刻跑回屋內。

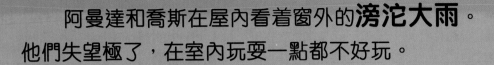

阿曼達和喬斯在屋內看着窗外的**滂沱大雨**。
他們失望極了,在室內玩耍一點都不好玩。

別難過了,或許
你們可以在家裏
玩捉迷藏。

媽媽提議說。

好吧。

阿曼達無奈地說。

首先，由喬斯從1數到10。

阿曼達躲在一棵植物後面。她努力地忍住笑。

哈，找到你了！

喬斯叫道。

我們不如去看看閣樓有什麼東西吧。

阿曼達指着樓上說。

阿曼達的媽媽打開了閣樓的鎖，讓喬斯和阿曼達進去探索。他們找到了一隻舊的搖搖馬、滿是塵埃的玩具屋，還有一些玩具車。

然後，阿曼達找到了一個木箱，裏面全部是戲服。她**驚訝**極了。她穿上了一條閃亮的裙子，又戴上了王冠。

我是個公主！

阿曼達說。

喬斯找到了一套魔術師服裝，還有一枝魔法棒。

我是個魔術師！

他說。

阿曼達公主和魔術師喬斯
跑到樓下去玩。

嗎哩嗎哩空！
雨水快快遠離我！

喬斯叫道。

他向窗邊揮揮魔法棒，
然後，魔法好像生效了。

雨停了，一束陽光
照進室內。

嘩，你真的是
個魔術師！

阿曼達叫道。

阿曼達，我們
出去玩吧！

喬斯說。

阿曼達的媽媽給了他們每人一雙雨靴。
他們終於可以到花園裏玩了。

花園裏，草地上的雨水在陽光照射下閃閃生光，天空中還有一道美麗的**彩虹**。

這裏好像一個魔法仙子的花園，真希望有一個仙子的下午茶聚會。

阿曼達說。

變變變！你的願望
已經達成！

喬斯說着，揮動
魔法棒。

忽然間，阿曼達的媽媽送來一些三明治和飲品。
喬斯和阿曼達都笑了。今天玩得真開心呢！

41

膽量大考驗

森姆是朋友中年紀最小的，但他知道自己也可以跟他們一樣**勇敢**。森姆邀請了蒂里和丹尼到他的家，來一次考驗膽量的晚會。兩位朋友來到的時候，森姆關掉了燈，拿起電筒。

蒂里和丹尼跟隨森姆上樓梯。突然間,他們看到牆上有一個**可怕的**影子。

蒂里和丹尼都很害怕,直至後來看見森姆在黑暗中擺弄玩具恐龍,才鬆一口氣。

當丹尼和蒂里鋪好睡袋後，森姆房間內竟然傳來陣陣**怪聲**。

咚！

咚！

咚！

那是什麼聲音？

丹尼問。

丹尼和蒂里四處張望，想知道怪聲的來源。原來是森姆在敲擊他的玩具鼓。

夜宵時間到了。森姆覺得自己是個勇敢的男孩，於是一邊走下樓梯，一邊說怪獸出沒的故事。

我家的廚房住了一隻怪獸。

他小聲地說。

森姆告訴丹尼和蒂里，那隻怪獸叫曲奇獸⋯⋯

⋯⋯只會在半夜的時候才出來。

森姆慢慢地打開廚房的門，悄悄地探頭進去張望，讓他的朋友因此而感到緊張和害怕。然而，他真的見到一個黑影，正像他剛才所說的**曲奇獸**！

那本來只是一個故事。

森姆輕聲說。他感到有點不安。

森姆鼓起勇氣，悄悄走進廚房，然後亮起燈。森姆鬆了一口氣，原來是爸爸在吃曲奇！蒂里和丹尼都笑了。

不是只有你們才喜歡吃夜宵啊！

爸爸笑着說。

丹尼、森姆和蒂里回到樓上。他們還是比較喜歡
輕鬆愉快的氣氛，所以他們整個晚上都靠在一起，喝
着熱朱古力，說些**有趣的**故事！